afterward

松浦寿輝

思潮社

目次

I

afterward

I

through

すりぬける
しみとおる
すかしみる
真夜中の川辺
したたるような月のひかり
鼓膜にじかにふれてくるような水音
わたしは犬と一緒に歩いていった
うずたかく積んだ枯れ葉をふみしめると

一歩ごと足がかすかにしずむ
物質が物質にぶつかって
ひかりがはじけ　音がひびく
ひかりと音はわたしのなかにもみなぎって
こころをつめたくひたした
徐々にあがってゆく歳月の記憶の水位
犬が飛び出してさきに立ち
向こうの木蔭にきえていった
真青なくらがり
雪がふりだす直前の空気のにおい
わたしの前にくっきり落ちているわたし自身のかげ
どこでもかしこでもぶつかりつづける物質と物質
いつの間にか背後にまわっていた犬が
またわたしを追いこしてゆく
波となってうちよせてくるひかりと音

それをすりぬけて
それがしみとおって
それをすかしみて
わたしはさらに歩いていった

away

こころから閉めだすべきはまず
他人たちのからっぽのお喋り
いたんだ陽光　涸れた時間
まどろみへの希求　窓のそとのしめやかな雨音
さらには　想像したことと読んだことのいっさいも
するとわたしの机のうえに
ひかりかがやく微小な天球が浮かびあがる
その表面にひとすじ条痕をきざむ

昏い遊星のゆるやかな旋回
残像をたなびかせてななめに視野をよこぎってゆく星雲
腐ってゆくはなうつぎのなつかしいにおい
ひたひたとみちてくる　世界の憂鬱な音楽
しかしそうしたすべてもまた　こころから閉めだそう
すると天球も星雲もいっぺんにかききえ
机のうえにはまたあの親密な物たちがもどってくる
本を読むねずみをかたどった石のおきもの
蔓植物のようにまがりくねった柄の卓上灯
干からびたからすうりが数個
何か月分かめくりわすれたままのカレンダー
しかしそうしたすべてもまた　こころから遠ざけよう
わたしは目をつむって
もうひとつの夜をよびだそうとこころみる
ことばが生誕しうる唯一の場所

つめたい沈黙のなかにどんなひかりも音も呑みこまれ
たちどころに無に帰してしまうあの夜を
ことばは産まれ落ちるやいなや
ただ遠ざかってゆくほかないのだ
いつまでも遠ざかりつづけるほかないのだ
見えないひかり　聴こえない音となって

without

田舎道は鉄条網につきあたった
夕闇が急にふかくなって
霧雨がふりはじめていた
針金にまきついたつるくさが
つめたい風をうけてふるえていた
もの問いたげに　犬がきみを見あげていた
潮の香がつよくなってきているのに
海はまだ見えない

子どものころにもこんなことがあったな
世界は無関心で　でもきみにとてもやさしい
あのときもいまも
きみは犬の目を見つめ
犬もきみの目を見かえしている
きみと犬はべつべつのものだ
しかし　瞳と瞳がであうことで
きみはつなぎとめられ
きみはつつみこまれ
きみの傷はぬいあわされる
立ちすくんで　こごえながら
きみは考えていた
いらないものはいらないと
いつでもきっぱりこばめたか
きみはきみ自身に　いつでも忠実だったか

きみはゆっくりとしか考えられない
石ころや貝がらが波にあらわれ
ある必然的なかたちをめざして
徐々にすりへってゆく　そんなふうに
ものを考えられたらどんなにいいだろう
きみが振りかえって歩きだすと
犬もすぐ歩きだしてきみにならぶ

behind

きみがふれると　水面にさざなみが立つ
ふれるというのは　きみと世界を
指さきひとつでへだてることでもある
きみが見つめても　木の葉いちまいゆるがない
見るというのは　それでもやはり
世界をきみのほうにひきよせることなのだ
けれども　その池もその樹木も
あくまできみのまえに在るものだ

夜の闇がいちばんふかくなる時刻
ガラス戸に向かって立つと
見知らぬ初老の男がすさんだ表情で
きみを見つめかえしている
その向こうの闇のなかには
葉の落ちた花水木がほのかにうかんでいる
振りかえってもむだだ
きみの背後にひろがっている時間は
もうふれることも見ることもできないのだから
まえに在るものとうしろに在るものとは
決してつりあうことがない
なぜきみはいつもおそすぎて
あるいははやすぎて
あの決定的な一瞬に立ち会えなかったのか
きみはうなだれて

つめたいガラスに額を押しつける
と　そのとき　きみはたしかに感じた
言いようもないほどうつくしい何かが
きみを追いこして　前方の闇に
花水木の向こうにきえてゆくのを

together

雨の日はいろいろなことをおもいだす
タックんは野球盤の最新版をもっていた
きえる魔球をなげられるやつ
左足をちょっと引きずっている乱暴者のエモちんは
運動のだめなわたしにやさしかった
マサハルのおおきな家には8ミリ映写機があって
漫画映画の『ガリバー旅行記』を見せてもらったな
腕をふりあげたはずみにトミタさんの

ふくらみはじめた胸にあたってしまったのは
わざとじゃなかったんだよ
今ごろみんなどうしているかな
あれからどんな時間を生きたかな
ときどき考えないこともないけれど
おとなになったかれらに会いたいとは思わない
かれらはみんな　雨にけぶる風景のかなた
わたしの記憶のなかに生きているから
いつまでもずっと一緒に

anything

雲のながれがはやい
ひとけのない冬の海岸の波うちぎわできみは
まだ暗くなりきっていない空を見あげている
あしもとには何かのいきものの屍骸
犬がそれにおずおずと鼻をよせる
かもめが鳴いているわけでもなく
飛行機の爆音がとどろいてくるわけでもない
はだしの足首をさざ波が洗い

足の裏で砂がさらさらくずれてゆく
いきものはほんのささいな理由で死んでゆく
きみも　きみの犬もおなじだ
流木のかけらをほうると
犬がそれを追って水のなかに駆けこんでゆく
生のよろこびは（くるしみも）
ありふれたもののなかにしかない　だから
えらばなければならないなら
もっとも単純なものをとれ　と
きみはじぶんにいいきかせる

friends

詩人がいった
――ことばのかたまりを
捏ねて叩いて　伸ばして曲げて
あるかたちを作る　それを窯に入れ
摂氏千二百度で十五時間焼けば　一丁上がり
そんな詩の作りかたもあるけれど
ぼくはいやだな　ことばを捏ねるのも曲げるのも
ぼくのやりかたはこうだ　ただ削って

削って削って　削られるだけ削って
のこったものをさらに削る
それでもなお何かのこるものがあり
結局何ものこらないこともある
その「何か」　その「何も」
ぼくの詩はそれだ　と

官僚がいった
――機械にあちこち油をさし
すりへった部品はぬかりなくとりかえ
なめらかに作動しつづけるよう気をくばる
それもいいけれど　同時にわたしはいつも
すこしばかり違うことをこころみる
わたしのやりかたはこうだ　こっそりと
よぶんの歯車を一枚入れる　リムをわずかに傾ける

カムの湾曲を変え　チェーンの長さを変える
すると　力が別の場所につたわって
いつの間にか機械は
まったく違う動きかたになっている
誰ひとりそれに気づかないのが
面白くてたまらない　と

暗殺者がいった
――はるか遠方からライフルで一発
すいかの真芯を直撃するように
真っ赤なものがばっと飛び散る
安全な距離のかなたですべてがおこる
そんなのはつまらない　おれはこうやる
足音を殺して近寄り　背後から
ぴたりとからだをよりそわせる

いきなり空気がはりつめる
恐怖のすっぱい味をたのしみながら
肋骨と肋骨のあいだに細いナイフを差しこんで
愛撫のように　すばやくしずかにえぐる
ながれた血のにおいをかぎたいから
最後に洩れる息の音を
耳もと間近できききたいから　と

しばしの沈黙のあと
三人はぷっと吹きだして　同時に言った
——じゃあおれたち　おんなじことをやってるんだ！
それから詩人と官僚と暗殺者は肩を組んで
都会の迷路のなかにはいっていった
居心地のよいしずかなバーをめざして
そこで四人目の男と落ち合うために

awake

少年の頃は　暗闇のなかでめざめていると
不安になったものだ
この都会にどんなにたくさんのひとたちが
住んでいるのかと考えて
でも　いまはしずかな気持ちで
見えない天井にただ目を凝らしている
みなひとりぼっちだけれど
みなすこしずつ他人とつながっている

それがようやくわかったから
たくさんの意識がざわめく広大な海
その水面に水母のようにぽっかり浮かんで
たゆたう波にゆすられていると考えればいい
名前も顔もないものたちの意識の海
その塩辛い水にわたしもまたゆるやかに溶けてゆく
わたしがしたこと　しなかったこと
そのつど岐路にたっては
最善の途をえらんできたつもりだったけれど
じつは　なにひとつえらぶ余地などなかったのだ
それもようやくわかった　この海がとても深くて
どこまで潜ってもけっして底にはつかないことも
夕暮れの川原を走り回って疲れきった犬が
同じベッドで死んだようにねむりこけている
背中をわたしの腿にぴったりつけて

癒やされえない　と直感したあのときから
ほんとうに何十年もたってしまったのか
時間なんてたぶん存在しない
わたしの脈搏　わたしの呼吸
それが刻々きざむ　充溢と欠如の音楽としてしか
この犬もこのベッドも　この暗闇もこの海も
世界のすべてがその音楽のなかに在り
わたしと一緒にゆすられているのだ
寝ぼけた犬がおおきなため息をついて
からだをぶるぶるとふるわせる

except

その瞬間きみは　どこか
うつくしいところを通り過ぎていた
すずしい微風が頬をなぶり
あまい馥りをはこんできたようだ
真夏のまばゆいひかりがみなぎっているのに
遠くに見える山嶺にはまだ雪がのこっていたようだ
母音のおおい外国語の　かわいたあかるい響き
とびちる果汁　雲のかがやき　花崗岩の石段

あれはどこか　どこだったのか
それはもう過去のなかにしかないけれど
その瞬間きみは　たしかにそこを通り過ぎていた
通り過ぎつつあった　その一瞬へ
いまきみは　はげしく想いをはせる
煙草一本吸いおえるほどのほんのみじかい時間
なにもおもいだせないまま
その一瞬を記憶の引き出しにそっともどし
きみはほとんど嗚咽しそうになる
床に寝そべった犬がきみを見あげている
ほんのすこし首をかしげて
散歩に行こうとさそっているのだ
なにもおもいだす必要などない
そのうつくしいところを　きみはいつか
もういちど　かならず通り過ぎるはずだから

straight

あのひとの髪のうねり
はるかな天の高みでゆるやかに旋回するノスリの飛翔
うちよせる波が砂地にのこす紋様
コーナーぎりぎりにつきささる奇蹟的なカーブシュート
きみは曲線を愛してきた
うつくしいのは曲線だけだと思っていた
なぜなら曲線はこの単調で退屈な世界を
ほんのちょっぴり複雑にしてくれるから

ニュアンスをつくりだしてくれるから
硬直したことわりの支配から
きみをわずかに逸脱させてくれるから
でも　いまきみはそうは考えない
ほんとうに難しいのは一点と一点とのあいだを
直線でむすぶことだ
ぶれもたわみも排してすべてを単純化することだ
直線こそがうつくしい
ノスリが旋回しつづけるのは
地上に見つけたえものへ一直線に降下するためだ
砂のうえの波紋をふみにじってつづく
きみののこした足跡も一直線だ
ボールじたいはどんなカーブを描こうと
フォワードの欲望はいつもまっすぐゴールへ向かう
それなら　それなら

あのひとのつややかな黒髪へ伸びてゆく
きみの手の運動の軌跡はどうだった
とまどい　ためらい
はじらい　おそれ
その息詰まるような欲望の曲線のたゆたいを
大事に大事にいつくしみつづける
そんな心まずしい慰藉とはもう縁をきれ
曲線とのたわむれにかまけている時間は
もはやきみの生にはのこされていないから
手をまっすぐふりあげて
ことばをまっすぐ放て
きみはじぶんにいいきかせる
手をまっすぐふりあげて
ことばをまっすぐ放て

leaf

本のページが植物でできているのは不思議だ
ことばの基底材は植物の繊維なのだ
きみの読んでいるこのページ面が
かつて　さんさんとふりそそぐひかりを浴び
それを生のエネルギーに変えていたと考えよ
かつて　水を大地からすいあげて分解し
この世界に酸素をめぐんでいたと考えよ
雲が通過してそのページ面がすこしかげる

きみはそこに目を落とし
きみの好きな詩人の詩を声にだして読む
足元でねむりこけていた犬がぴくりと耳を動かし
薄目をあけてきみに無言で問いかける
きみも無言で犬にこたえる
こんなはかない慰藉なしには生きられない
にんげんとはそんないびつな動物なのだ　と

afterward

―― 2011・3・11

惨禍の一瞬がわたしたちの生を
「その前」と「その後」とに分断した
なぜかれらは（きみたちは）そんなに
平静なのか　平静でいられるのか　と
ある知り合いのフランス人が言った
呆れたように　なじるように
そう見えるだけだよ　とわたしは答えた
しかし　もし平静と見えるのなら
それはとても良いことだ　とも

なぜなら「その後」をなおわたしたちは
生きつづけなければならないから
悲嘆も恐怖もこころの底に深く沈んで
今はそこで　固くこごっている
それが柔かくほとびて　こころの表面まで
浮かびあがってくるのにどれほどの
時間がかかるか　いまはだれにもわからない
それまで　わたしはただ背筋を伸ばし
友達にはいつも通り普通に挨拶し
職場ではいつも通り普通に働いて
この場所にとどまり　耐えていよう
こころの水面を波立たせず　静かに保つ
少なくとも保っているふりをする
その慎みこそ「その後」を生きる者たちの
最小限の倫理だと思うから

against

何十年ものあいだにたまった手紙を
読みかえさずぜんぶ燃やしてきみは家を出た
大事にとっておいたわけじゃない
捨てるのが面倒だっただけなのだ
真正面から吹きつけてくる冬の風がきみを押しもどす
逆風はきみの好むところだ
きみはうつむいて　ただぐいぐい歩く
先に出た犬はもうずっと遠くまで行き

あの野道の角で振りかえってきみを待っている
きみに未来から吹きつけてくる
禍々しい気配をまとったこごえるような時間の風
それがきみの額や頬や唇ではじけて散って
背後にながれ　そこによどむ気流の渦に溶けこんでゆく
きみはこの数十年をそんなふうに生きてきた
前方から真直ぐ仮借なく吹きつけてくる無色の時間
その風圧に押しもどされないためには
ただぐいぐい歩きつづけるしかなかった
何を懐かしむ余裕もないし　何を悔いて流す涙もない
友だちから贈られたたくさんのうつくしいことばも
そのとき感じたこと　考えたことも
もうとっくのとうにはじけて散って
背後の闇にきえさっている
黄ばんだ手紙の束など

もう干からびた抜け殻でしかないのだ
着古した黒革のブルゾンの襟を立てながら
風は強ければ強いほどいい　と
きみは何かに挑むように考え　白い息を吐く
待ちきれなくなった犬がきみに向かって
いっさんに駆けもどってくる

touch

きみは何をしたかったのか　いったい何を
石段をくだりながら自分のこころにたずねていた
きみは何をしたかったのか
きみはただ　じかにふれたかっただけだ
ライターのちいさな炎に指先をかざし
ちりちりするようなその熱さにおののくこと
あるいは川岸にかがんで水面にふれ
さざなみを立て　波紋の重なりに見とれること

世界は単純だし　そこで生きることも単純のはずだ
それなのに　きみの単純きわまる欲望を
充足させる途が絶たれてすでに久しい
石段をおりきったところに
焦げ茶色のトレッキングシューズが片方だけ
横倒しにころがっている
きみの犬がたちまち駆けよって
そのにおいを熱心に嗅いでいる
その泥だらけの靴のかたわらを通り過ぎ
ことばしかなかったな　ただことばしか　と
きみはうちひしがれて考える
ほんとうはことばにだって　きみはただ
じかにふれたかっただけなのに
母親の乳首に吸いつく乳児のように
すべてはまぼろしだったのか　それとも

いきなり溢れだすものは　まだあるのか
いきなりみなぎるもの　いきなり迸りでるものは
立ち止まってきみは考える
そろそろ引きかえさなければならない時刻に
いつの間にかなってしまったな
振りかえって見あげると
今おりてきた長い石段のうえの西空には
あかるい上弦の月が懸かっている
こなたには置きざりにされた古靴
かなたには皓々とかがやく冬の月
じかにふれられるものは　靴か　それとも月か
こんなに遠いところまできてしまって
家まで帰り着くのにどれほど時間がかかるだろう
ふと気がつくと　犬もまた空をあおぎ
月をじっと見つめているようだ

throughout

ふみまよう
ふりしきる
ひきしぼる
ねむりは音楽に似ている
きりきりとひきしぼられてはそのつど
たちまち　しどけなく溶けてゆくかたちがあり
かたちからかたちへの　ゆるやかな変異があり
それら変異の　きりのない連鎖があり

わたしのなかの空虚をゆすってやまない
よせてはかえす　誘いと拒みの甘美な波のつらなりがある
そんな音楽に聴き入りながら
わたしは過去の時間のなかをふみまよう
五十九年にわたってふりつもった記憶の迷路を
ゆらりゆらりと　行きつもどりつ
一匹の犬のすがたを追いもとめる
その犬はどこにでもいた　その犬は
小学生のわたしが授業がおわって校舎から出てくるのを
校庭の隅のカシワの木のしたでじっと待っていた
ほかの子どもたちが通り過ぎるのには目もくれず
そんな気がしてならない
そんなことはありえないのに
シチリア島の山の斜面にへばりついた小さな町の石段を
わたしを先導するようにどんどん駆けのぼっていった

うれしそうに跳ねながら　ぶんぶんしっぽを振りながら
そんな気がしてならない
そんなことはありえないのに
北海を渡るフェリーの船尾で手すりにもたれかかり
轟々と渦を巻く水を見おろしていた中年男のわたしの足元で
いきなりぴんと首をのばし　空をふりあおいで
はるか高空を旋回する豆粒のような一羽のかもめを注視していた
そんな気がしてならない
そんなことはありえないのに
ソウルの場末のうねうねした暗い裏道をたどるわたしの
すぐ脇に　警護するようにぴたりとついて歩いていた
ときどき元気づけるようにわたしの顔を見あげながら
そんな気がしてならない
そんなことはありえないのに
大学生のわたしが山陰地方のとあるひとけのない浜辺に腰をおろし

屈託しながら水平線をながめていたとき
わたしの横で　わたしと同じように目をほそめ
きれぎれに伝わってくるしずかな波音に耳を澄ましていた
本当に　本当に　そんな気がしてならないのだ
そんなことはありえないというのに
その犬はいつもいた　どこにでもいた
いま　ねむりのなかには雪がふりしきり
無数の雪片で埋めつくされた時空を
はげしい風がびゅうと切り裂く
耳をそばだてた瞬間にはしかし
それはもう吹きやんで
同時に音楽さえもが不意に止まってしまったようだ
それならばいっそ　はいっていこう
音楽よりもいっそうふかいねむりのなかへ
ひきしぼり

ひたりこみ
ひびきわたり
ひたすら
ふみまよい　ふりあおぎ
いつの間にかわたしは
少年のからだをとりもどしているようだ
ほら　犬は遠くの雑木林で大はしゃぎでころげまわり
あおむけになって背中を雪にこすりつけている
呼びもどそうとする声もとどかないほど遠い
あのぼうっとけぶる冬木立のなかで
それにしても　世界は夜明け前の海みたいだな
このひびきわたるような無音のなか
ほのかなひかりのみなぎる
ひろいひろい草原みたいだな
あとのすべては　都会も家も仕事も家庭も

もうひとつのねむりのなかの仮象にすぎないのか
わたしを物たちに　ひとびとに
つなぎとめてくれるのはことばだ　そのはずだった
けれど　ことばもまた
こんなにはかない仮象のひとつでしかないとしたら
わたしにいま何がのこされているのか　いったい何が
もう犬のすがたはどこにも見えない

II

別のプラットフォームへ

きみは何を考えていたんだろう　あの花冷えの夜ふけ
午後十一時四十分　地下鉄改札口のまえで
別れぎわにぼくが一瞬　くちびるをうばったとき
きみの微笑はどんな高次方程式よりも難解で
ぼくにはどうにも解きようがない　ただ
きみのかたちのいい唇はカシスのシャーベットみたいに
つめたくてあまかったよ　この世界ともうひとつの世界との間に
残酷な星が一個　落ちてゆくようなめまいに耐えながら

ぼくはひとりで　別のプラットフォームへおりていった
こうしてひとは死に近づいてゆくのかと思いながら

南へ

水はしたたりおわった
稲光は遠ざかった
夏の旋律は絶えた
鶏が数羽くびり殺され
蒼ざめた血が舗石のうえに撒き散らされた
汚れた魂となってわたしは歩いた
極北の島の海辺で
陰気に賑わう夕暮の市

払下げの軍服を着た薬売りが声を張りあげ
片耳の潰れた人相見は横目でわたしを睨む
空地ではてづま使いや軽業師がわずかな見物人を騙そうと
みすぼらしい芸を披露している
はしゃいで走りまわる子どもたちの姿もなく
こいびとたちの笑い声も聞こえない
ただ　にぶい海鳴りにおびえるまずしい老人が数人
けわしい顔で右往左往しているだけ
調子っぱずれの音楽となってわたしは歩いた
どこまでつんのめるように歩いても月は昇らず
詩はわたしに訪れない
こんなところまで
来てしまったな
来てしまったのだな
甘美な孤独はもううんざりだ

狂言綺語の花火の恍惚にももう飽きた
それより風のなかに吹きちぎられてゆく
ことばのかけらのかすかな軋みに耳を澄ましていたい
南へ行こう
温かな夕立ちがいきなりふりだしてはすべてをぐっしょり濡らし
くさりかけた熱帯のくだものの
酪酊をさそうあまい馥りがいたるところにたちこめて
通りすがりのうつくしい女たちは欲望のひかりにきらめく瞳で
わたしをまっすぐに見つめてくる
そんな南の島の浮き立つような街へ
極地の村の路地はいよいよ狭く暗くなってゆく一方で
もう行き過ぎるひともない
水はしたたりおわり
稲光は遠ざかって
もう後もどりする道もない

時間

ふりはじめた雨の最初の一滴が水盤に落ち
ゆらりゆらりとひろがってゆく波紋
世界が浮かべる謎めいたほほえみ
傷ついた夕暮れの微光
もはや花水木の葉は風にふるえず
灰色の蛾も羽を止めた
掌のうえには空気の重さしか感じられない

わたしは青梅をがりりと噛んで席を立ち
闇がいっそう深くなる方角へ歩いていった

ゆっくりと目を

月曜には電卓叩いて確定申告の書類を作り
火曜にはネクタイ締めて大学の委員会に出て
水曜には安売り量販店にカーテンレールを買いに行き
人生の時間はじりじりとすりへってゆくが
こんないっさいにどんな意味があるんだろう
今日は休日で雨がふっているから
ぼくはうちにいて何もしない　断固として
インターネットだのブロードバンドだの

新らしがりやの連中は意気軒昂だけれど
思いあがった猿の皇帝がよその国を侵略して
女子どもをばたばた殺戮しているこの世界はまるで
中世の暗黒時代にもどってしまったみたいじゃないか
窓越しに暗い空を見あげながらふと考える
タスマニアオオカミの最後の一頭は
いったいどんなふうに死んでいったんだろう
ユーカリの茂みのなかにつめたい雨を避け
からだじゅうを刺し貫く痛みをこらえながら
ゆっくりと目をつむったんだろうか
氷河湖のほとりを駆けめぐった日々の記憶が
ほんの一瞬よみがえってきただろうか
雨は明日までふりつづくらしい

サン＝ルイ島へ渡りながら

セーヌに架かる橋をサン＝ルイ島へ渡りながら
朝陽に照り映えるマロニエの葉むらの
黄金色のかがやきに思わず見とれてしまう
こんな瞬間のかけがえのなさを称える詩など
書かれ尽くしている　もちろんのこと
それでもひとはいつでも新しく生まれてきて
老いと死を迎えるのもいつでも初めてだから
ぼくはこれを書いた　厚顔無恥と言わば言え

さらに書こうか　もう三十年も経ってしまったのに
マロニエの葉むらのかがやきはあの頃とまったく同じだと

水のようにたゆたって

つまるところ
ことばなんて蟬のぬけがらみたいなもの
だから大事なのは速度なのだ
稲光のように一閃し
ただ残像だけをのこしてきえてゆくすばやいことばがあり
いつまでも滞留し
色やにおいをじわじわと変えてゆく遅いことばがあって
その速さ　その遅さにことばの生命がやどっている

まだ鳥も鳴きはじめない暁闇のなかで
ぼくは口のなかがやけどしそうな紅茶をすすりながら
ことばの生命のはかなさについて考えている
窓のそとにはほのかに青い朝のひかりが水のようにたゆたって
冬木立と鉄柵を浮かびあがらせはじめているけれど
ぼくの目は何も見ていない
すべてはあだしごとだったかな
いまよみがえってくるのはただ
ひとを傷つけたことば　ひとから傷つけられたことばばかり
意味は　中身はむろんすべて朽ちた　くさって溶けた
のこっているのはただ速度の記憶ばかり
ぼくのことばはいつだって速すぎて　あるいは遅すぎて
相手のこころの動きにぴたりと同調できなかった
細胞は絶えず死につづけ　また生まれつづけているから
もうぼくは数年前のぼくではない

ひとのからだのようにいつも同じで　でもいつも新しい
そんなことばを喋れたらいいのに
あ　雀が鳴きだしたね
おはよう　というちいさなことばをゆっくりと発することから
また今日という一日がはじまる

あの櫟の林へ

そんなこんなでこの冬は
けうとい倦怠の温かい繭のなかに
ひっそり籠もっていた
しかし　雨音の高い　あるあかつきがた
水蛇にからみつかれる夢からふと覚めてみれば
ところどころタイルの剝落した高い天井から
ひっきりなしにつめたい水滴が落ち
ぼくの額や頬をうっている

ここもまた　長くは滞在できない宿だったか
仮死にまどろむ者たちのための
うち棄てられた宿駅でしかなかったか
ことばとことばをただつなげて日々を過ごすうちに
ぼくのこころは荒れたな　とても荒れた
ことばもこころも
もういちど裸のすがたにもどすべきなのだ
ことばからは形容詞を洗い流す
こころからは悔いも怯えも削ぎ落とす
白々しいひかりでも蒼ざめたひかりでもない
まばゆいひかりでも薄暗いひかりでもない
ただひとこと　ひかり
ただひとこと　こころ　と
みじかくするどく言えばよい
けれども　清冽な意味と欲望がふんだんに湧き出ている

そんなはじまりの泉はどこにある
雨季こそぼくの季節　などと幼稚に粋がって
ずいぶん長い歳月を無駄にしたな
気づいてみれば　この氷雨はただ
おびただしい詩の腐屍を叩いているばかり
あの約束に　まだ間に合うだろうか
ぼくはレインコートの襟を立てて
かなたに見えるあの櫟の林へ歩み入ってゆく

声にならない声で

きみは雨にうたれながら帰った
木々の梢からひっきりなしに滴り落ちる雫に
それが地中に滲み入ってゆくさまを思った
「たった一滴の水さえ
人間に用いられることのないまま
海に注がせてはならぬ」
それはパラクラマバフ一世ののこしたことば
十二世紀に栄えたスリランカの彼の王国

その首府だった古都ポロンナルワには
いにしえの名君の造成した広大な貯水池が
今なお満々と水をたたえている
ぐしょ濡れになってようやく家にたどり着いたきみは
熱いシャワーを浴び　パジャマに着替え
机のうえにひろげた紙に向かった
「たった一語のことばさえ
人間に用いられることのないまま
海に注がせてはならぬ」
きみの好きなステッドラーのピグメントライナー0.5㎜で
きみはそう書き　すこし考えてから
二行目に副詞をひとつ付け足した　それから
人間ということばを二本線で抹消して別の主語に替え
さらにもうすこし考えて　三行目も書き直した
そして　もういちどあらためて全体を書きおろしてみる

「たった一語のことばさえ
詩人に正確に用いられることのないまま
虚空に蒸発させてはならぬ」
その虚空に　いまきみは目を上げて
帰り道に見た暗い梢のたたずまいをおもいだしている
あのつめたい雫をうなじに受け　身をすくめたときききみは
正確には何を感じ　何を考えていたのか
過ぎ去った時間はもう取りかえしがつかない
ことばを正確に用いるって
いったいどういうことなんだろう
詩は遠い
詩ははるかに遠いな
不意にどっと疲れが出たきみは
紙をまるめて屑かごに投げ捨て　あかりを消した
どうやら熱が出ているらしい

ねむりに落ちる直前　ポロンナルワ　ポロンナルワ　と
声にならない声で　きみは二度ほどつぶやいたようだ
ことばが無数の雫となって後から後から滴り落ち
きみのこころに滲み入ってゆく
そんな夢を見た　と
ここに書けたらいいのだけれど

ただ宙に身を

さもなければまた　あのウミツバメを想え
霰まじりの北風にさからって　力強くはばたきながら
ヘブリディーズ　オークニー　シェットランドと
島嶼から島嶼へ　営々と渡ってゆく小さな鳥
水面すれすれにひくくひくく滑空し
荒れくるう北海の波しぶきをついてすばやく魚を獲り
あわただしく呑みこんでは　また力のかぎりに翼を搏つ
そんなよるべない鳥の依怙地な旅を

そのひとの顔を見れば嬉しいし　声を聞けば楽しい
きみは単純に　ただそう思っていても
相手もおなじように感じているとはかぎらない
与えた傷はすぐわすれてしまうけれど
受けた傷はいつまでもわすれない　あたりまえだけど
あたりまえのことこそ　いつでもいちばんにがい
いつかのあの立ち飲みスタンドのコーヒーみたいにね

北へ北へとひたすら飛ぶうち　いつしか眼下には
もう巣作りのためのどんな小さな島も絶え果てて
鳥はもう　自分が何をさがしているのかわからない
刻々とつめたくなってくる大気をついて
ただ飛ぶだけ　ただ宙に身を持すために
こごえて感覚のなくなった翼をひたすら搏ちつづけるだけ

星もなく月もない夜　さかまく波だけがとどろくなか
ついに力尽きたウミツバメが海に墜ち
荒波に呑まれるのを見とどけた者は誰もいない

ひと握りの骨灰のかたまり以外に何がのこる
きみが書いたことは　まっさきにわすれられるだろう
きみが喋ったことは　もうすこし長く覚えていてもらえるかな
きみの笑顔の記憶　きみのしかめっ面の記憶が
案外いちばん最後まで生き延びるかも
ほんのいくたりかのひとたちのこころのなかに
でも　それもだんだんうすれて　ぼやけて
遠からずおとずれる彼らの死とともに　きみは
こんどこそほんとうに　きれいさっぱり消滅する

さもなければまた　あの突風を想え

びゅうとひと吹き　波しぶきを撥ね散らし
空の高みへ抜けてゆくあの凶暴な夜の風
ついさっきまで　それにあらがって必死にはばたく
一羽の鳥がいた　今はもういない
けれども真っ暗な波のうえには　ウミツバメの夢がのこって
風はそれを運んでゆく　大事に大事に
はるか北の果て　水平線のかなたまで

かすかな悲哀

ひとのからだにふれずにまたこの夏も過ぎた
あの鹹湖の名前がいつの間にか地図からきえていた
使わなくなった六×七判カメラにうっすら黴が浮いていた
新しいスーツは明後日できあがってくるけれど着るあてもない
石のうえに落ちた濃いかげを見ながら子午線について考えていた
あのひとをオルリー空港に見送りにいった帰途
あてずっぽうにバスを降り　やみくもに歩きまわったあのちいさな町
あれは何というのだったか　あの町の名前は
風が立つと庭のオリーヴの葉裏がひるがえって銀色にひかる

まるでやんちゃな小魚の群れが身をくねらせて
空気のなかをうれしそうに泳いでいるみたいだ
世界中いたるところで虐待され死んでゆく子どもたち　動物たち
その苦痛の総体に贖われて今のきみのこの一瞬はある
たちまち過ぎ去るその一瞬をいとおしむように
きみは熟れすぎた大ぶりの水蜜桃にかぶりつき
溢れだす果汁が顎から胸へしたたるのにまかせてじっとしていた
この度しがたいエゴイズムによってのみ
きみの生は可能となる　きみの死も
意識に数分間の空白があり　気がつくと急に陽が翳っていた
きみの腕の中でくずおれてゆく水のようなもの
その息詰まるような感触だけをひたすらよみがえらせていた
きみはいつからこんなに臆病になってしまったのか
また長い手紙を書いてみたいが宛名人も思い当たらない
すべて時代遅れなこうしたかすかな悲哀

後記

一人の人間の生の時間も、一つの時代の歳月それ自体も、ある時をさかいに、「その前」と「その後」に分断されるということがあるものだ。何か、わたしは今、「その後」を生きているような思いでいる。単に「老後」と言ってしまえばよかろうにと、若い人たちからは嗤われるかもしれないが、ここには老いの問題とも少々違う何かがあるような気がしてならない。「長安に男児有り／二十にして心已に朽ちたり」と李賀も歌っているではないか（「陳商に贈る」）。もう道しるべも地図もない。自分で自分の「その後」に始末をつけなければならないのだ。

前詩集『吃水都市』に続き、今回もまた懇切なご配慮をいただいた思潮社編集部の亀岡大助氏に、深い感謝を捧げる。

二〇一三年三月十八日　　松浦寿輝

初出覚書

through，ユリイカ，2009・2
away，ユリイカ，2009・2
without，水火 4 号，2009・3
behind，水火 4 号，2009・3
together，水火 5 号，2009・7
anything，水火 5 号，2009・7
friends，水火 5 号，2009・7
awake，水火 7 号，2010・3
except，水火 7 号，2010・3
straight，現代詩手帖，2010・8
leaf，現代詩手帖，2010・8
afterward，朝日新聞，2011・3・29
against，現代詩手帖，2013・1
touch，現代詩手帖，2013・1
throughout，本書初出
別のプラットフォームへ，文藝春秋，1997・5
南へ，midnight press 6 号，1999・12
時間，文藝春秋，2002・8
ゆっくりと目を，朝日新聞，2003・4・19
サン゠ルイ島へ渡りながら，文藝春秋，2006・1
水のようにたゆたって，水火 1 号，2008・3
あの櫟の林へ，水火 2 号，2008・7
声にならない声で，水火 3 号，2008・11
ただ宙に身を，水火 3 号，2008・11
かすかな悲哀，水火 8 号，2010・7

afterward

著者　松浦寿輝《まつうらひさき》
装幀　中島　浩
発行者　小田久郎
発行所　株式会社思潮社
一六二-〇八四二　東京都新宿区市谷砂土原町三-十五
電話　〇三-三二六七-八一五三（営業）八一四一（編集）
FAX　〇三-三二六七-八一四二
印刷　三報社印刷株式会社
発行日　二〇一三年六月二十日